A festa inventada da Luara

Texto
Maura Dias

Ilustrações
Luciana Romão

Copyright do texto © 2020 Maura Dias
Copyright das ilustrações © 2020 Luciana Romão

Gestão editorial	Fábia Alvim
Gestão comercial	Rochelle Mateika
Gestão administrativa	Felipe Augusto Neves Silva
Projeto gráfico	Matheus de Sá
Capa	Luciana Romão
Revisão	Tatiana Custódio

Dados Internacionais de Catalogação na Publicação (CIP) de acordo com ISBD

D541f   Dias, Maura

           A festa inventada da Luara / Maura Dias ; ilustrado por Luciana Romão. - São Paulo, SP : Saíra Editorial, 2020.
              40 p. : il. ; 20,5cm x 20,5cm. – (Outras vozes)

              ISBN: 978-65-86236-02-6

              1. Literatura infantil. 2. Festa. 3. Aniversário. I. Romão, Luciana. II. Título. III. Série.

CDD 028.5
CDU 82-93

2020-2226

Elaborado por Vagner Rodolfo da Silva - CRB-8/9949
Índice para catálogo sistemático:
1. Literatura infantil 028.5
2. Literatura infantil 82-93

Todos os direitos reservados à Saíra Editorial
Rua Doutor Samuel Porto, 396
04054-010 – Vila da Saúde, São Paulo, SP – Tel.: (11) 5594 0601
www.sairaeditorial.com.br
rochelle@sairaeditorial.com.br

À mamãe e ao papai, que me deram braço, garganta, pé, olho e asa.

E a todas as irmãs e a todos os irmãos que eu encontrei e abracei e vi e por quem fui vista. E que fizeram coro com a minha voz nesses voos e nessas caminhadas.

Eu nunca ando só.

Esta é a Luara.
Luara é uma garota inteligente e sagaz.
Ela adora jogar futebol e inventar brincadeiras!

5

Esta é a turma dela:

FLORA

RENATO

ÂNGELO

JÚLIA

parque
Flor
escola
VENHAM
casa da Rê
FESTEJA
A
mercado
casa da Júlia
casa da Ângela
Júlia

Quando a Luara está quietinha, um dos seus amigos sempre avisa:
— Ela deve estar inventando nossa próxima aventura!

A festa de aniversário dela acontecerá amanhã, na sua casa.
Ela está muito animada!
Todas as pessoas da sua família estão empenhadas na criação da festa.

11

Este é o Lúcio, pai da Luara. Ele e a vovó Mazé estão na cozinha fazendo as receitas de que a Luara gosta.

Bolo de milho, pipoca, paçoca,
bala de coco, sanduíche de queijo e pudim de tapioca.

Esta é a Tamara, mãe da Luara.
Ela ama construir coisas.
Para a festa, ela resolveu
construir todas as brincadeiras
que a Luara inventou.

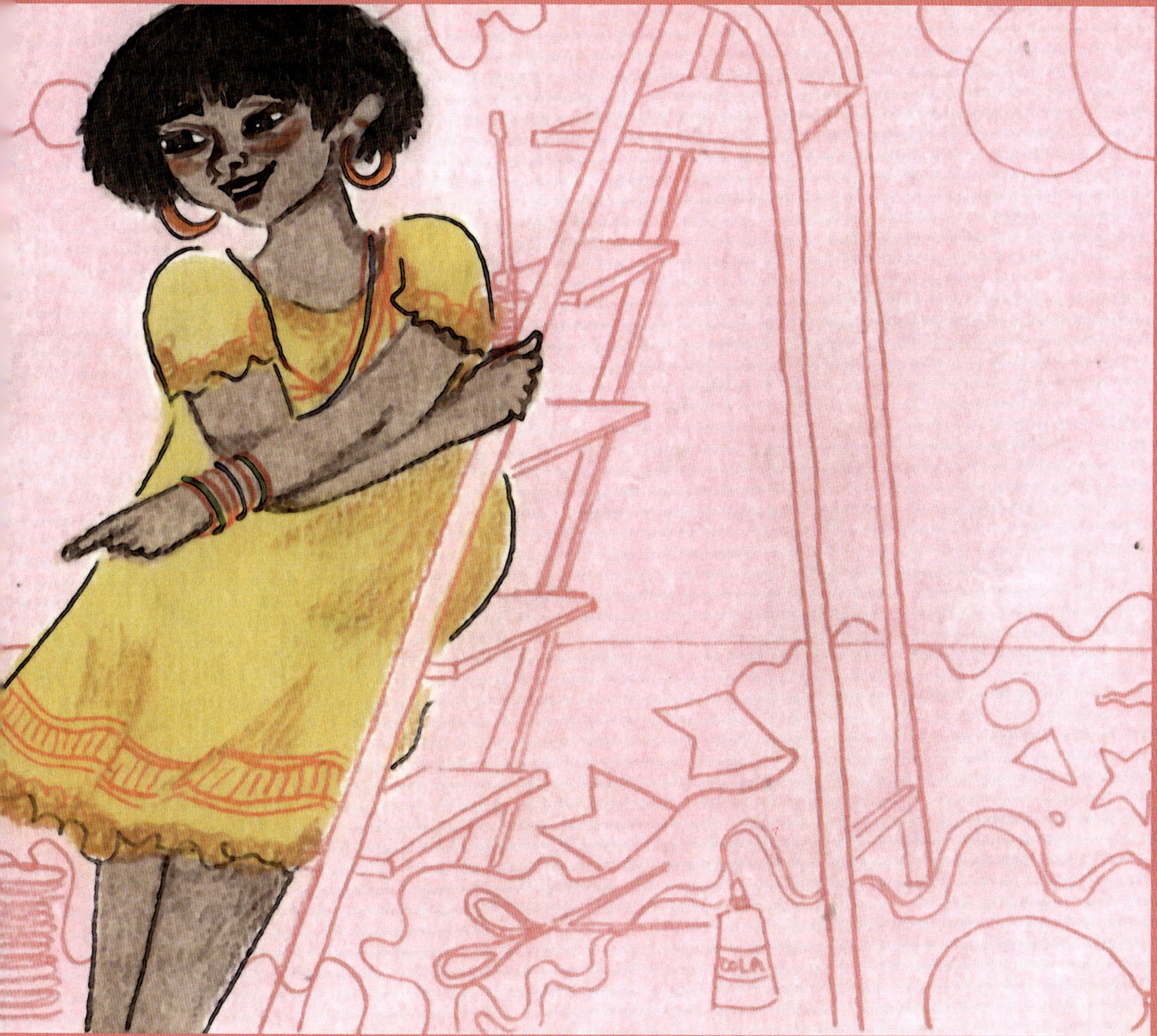
COLA

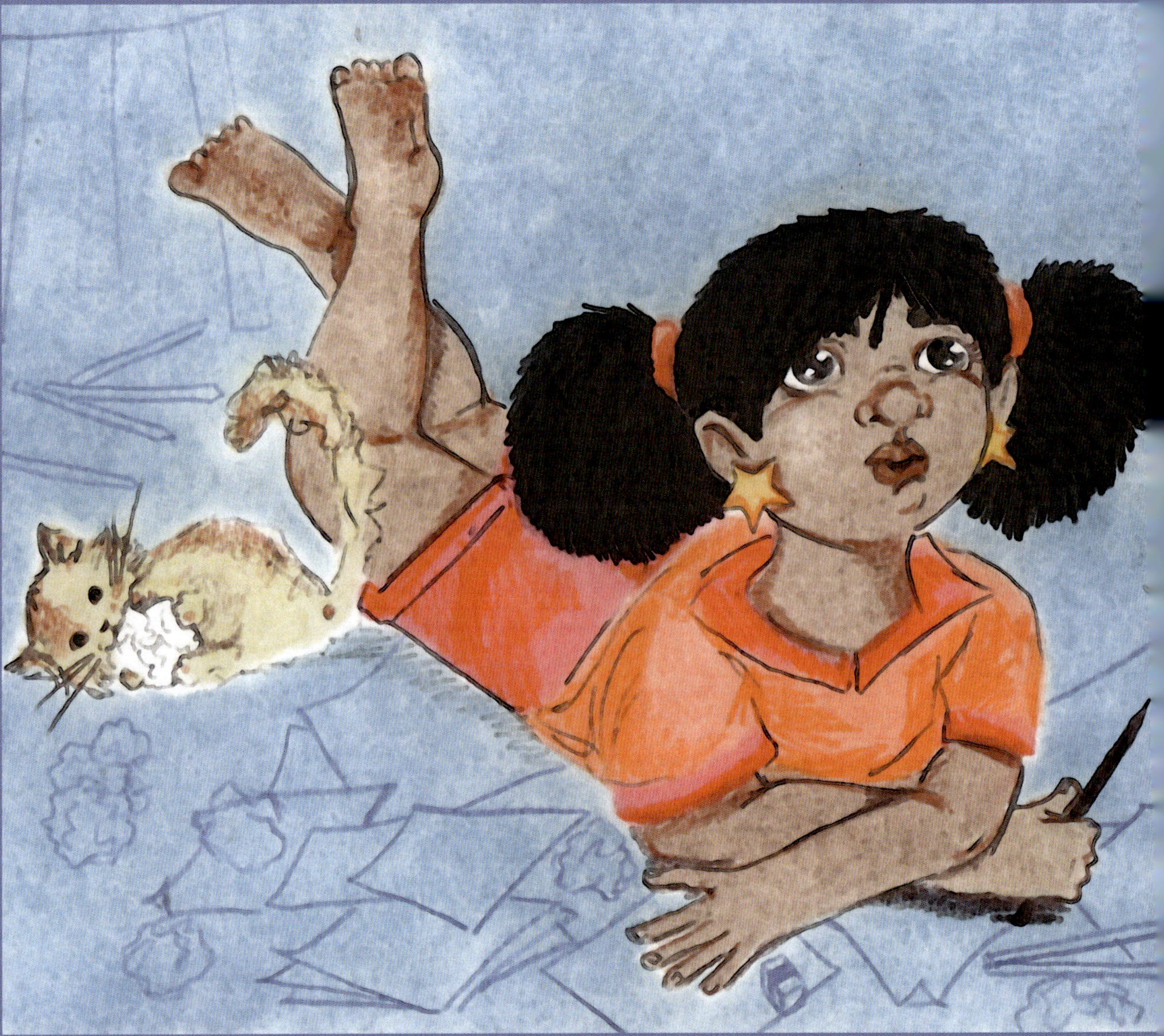

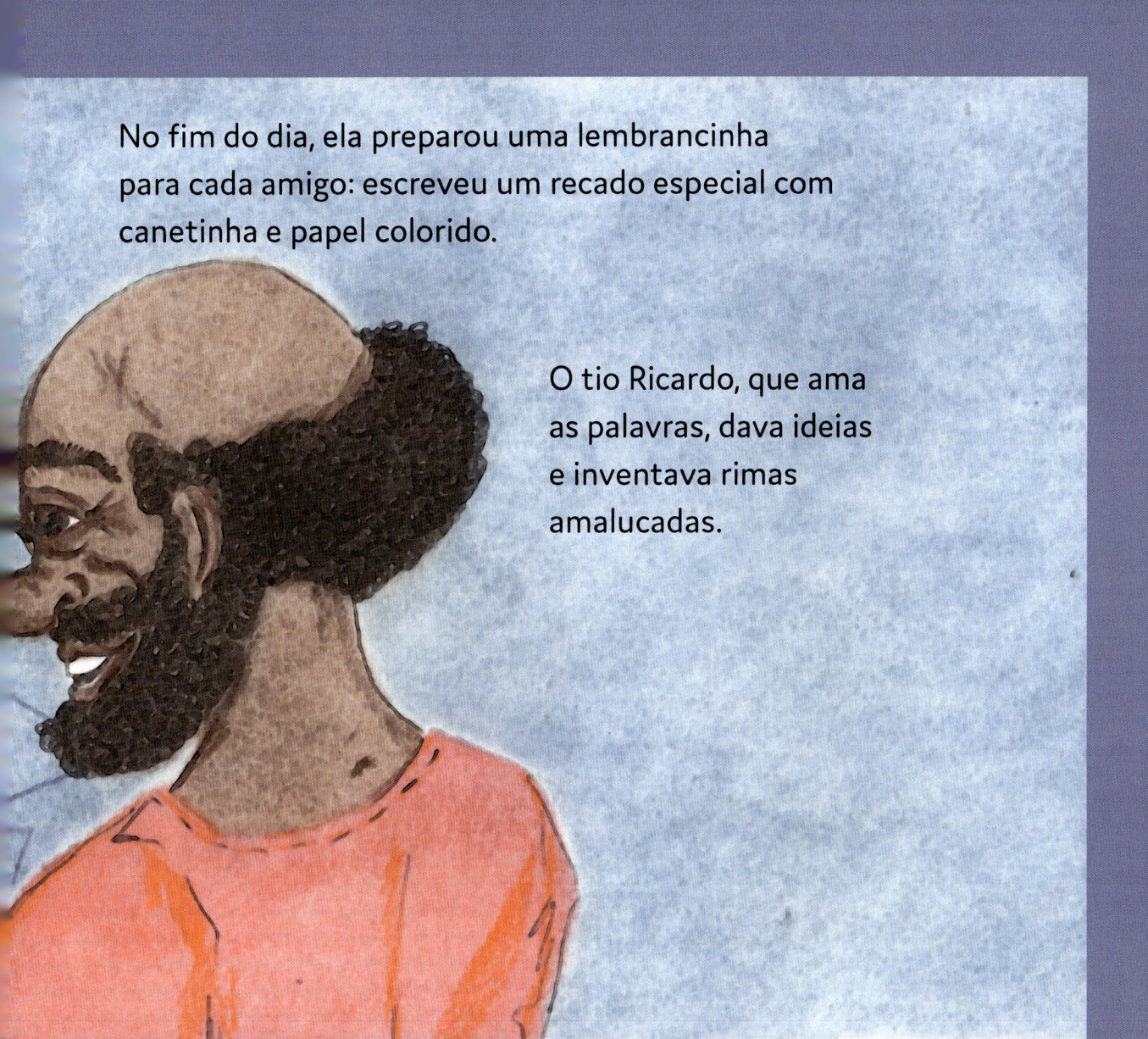

No fim do dia, ela preparou uma lembrancinha para cada amigo: escreveu um recado especial com canetinha e papel colorido.

O tio Ricardo, que ama as palavras, dava ideias e inventava rimas amalucadas.

Chegou o dia da festa!

Todos estão muito alegres, esperando os amigos chegarem.

O quintal da casa está cheio das invenções da Luara e da Tamara.

— Essa festa está encantadora! — disse o papai.

— Tem luzes de TODAS as cores! — disse a vovó, que sabe tudo de cores.

— Ficou sensacional! — disse o tio Ricardo.

A vovó Mazé é daquelas que parecem saber de todas as coisas do mundo. Ela chamou a Luara na cozinha e perguntou com um olhar sabido:
— Quem será o seu melhor amigo?

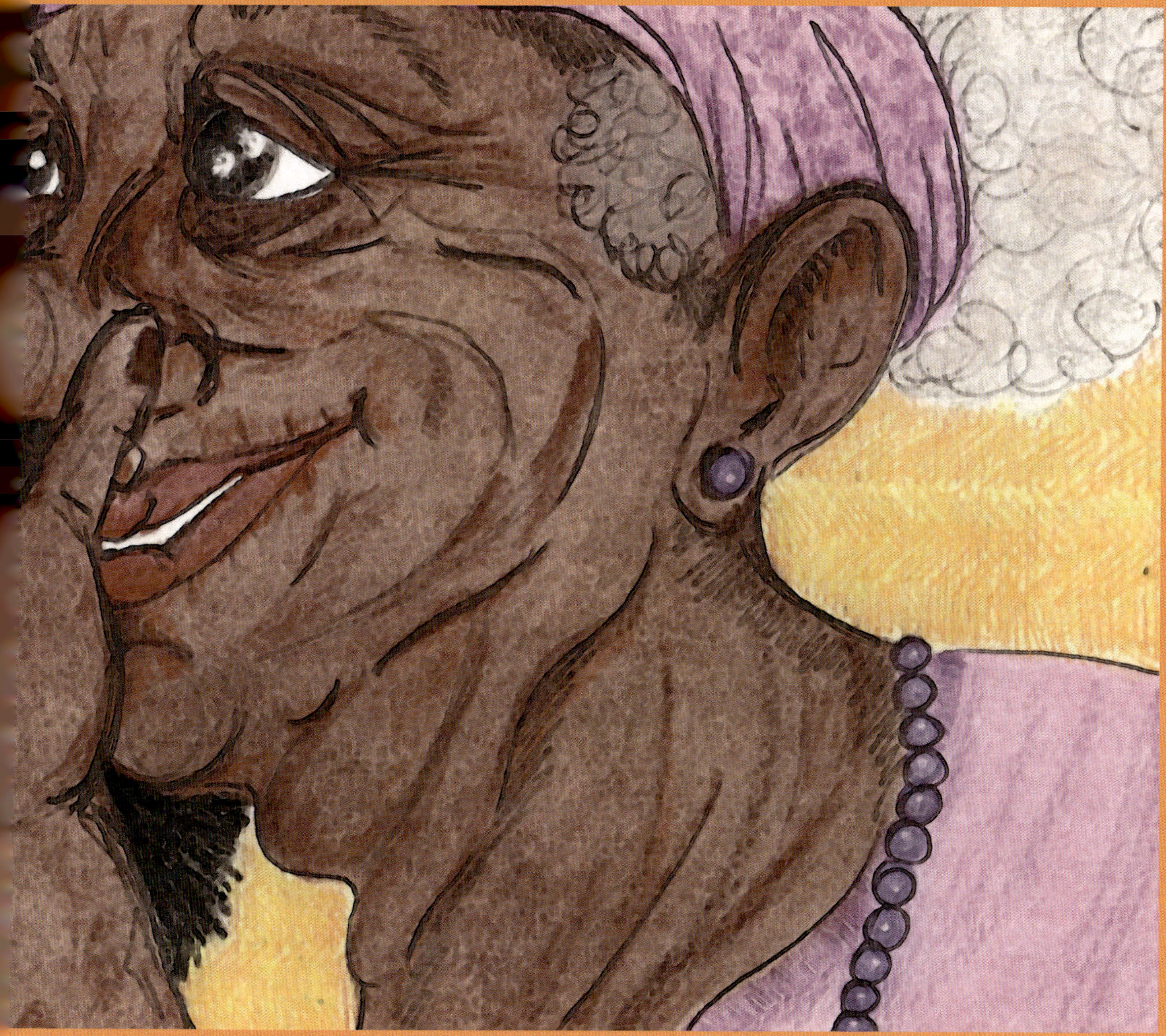

Os primeiros a chegar foram a Flora e o Renato.

A Flora trouxe, de presente, um pacote de cocadas que ela fez com a sua mãe. O Renato, que sabe tudo de plantas, trouxe um vaso de capuchinhas.

— Eu adoro cocadas e plantinhas! — disse a Luara com afeto.

25

Logo em seguida, chegaram a Júlia e o Ângelo. Ela trouxe um desenho original, e ele, um boneco de pano. A Luara falou:

— Essa é a melhor festa do ano!

E eles brincaram de inventar histórias.

A saia rodada da mãe virou uma máquina do tempo.

Uma caixa de frutas da feira virou uma nave espacial.

E eles brincaram de amarelinha e brincaram de jogar bola,

brincaram de bonecos e
brincaram até cansar!

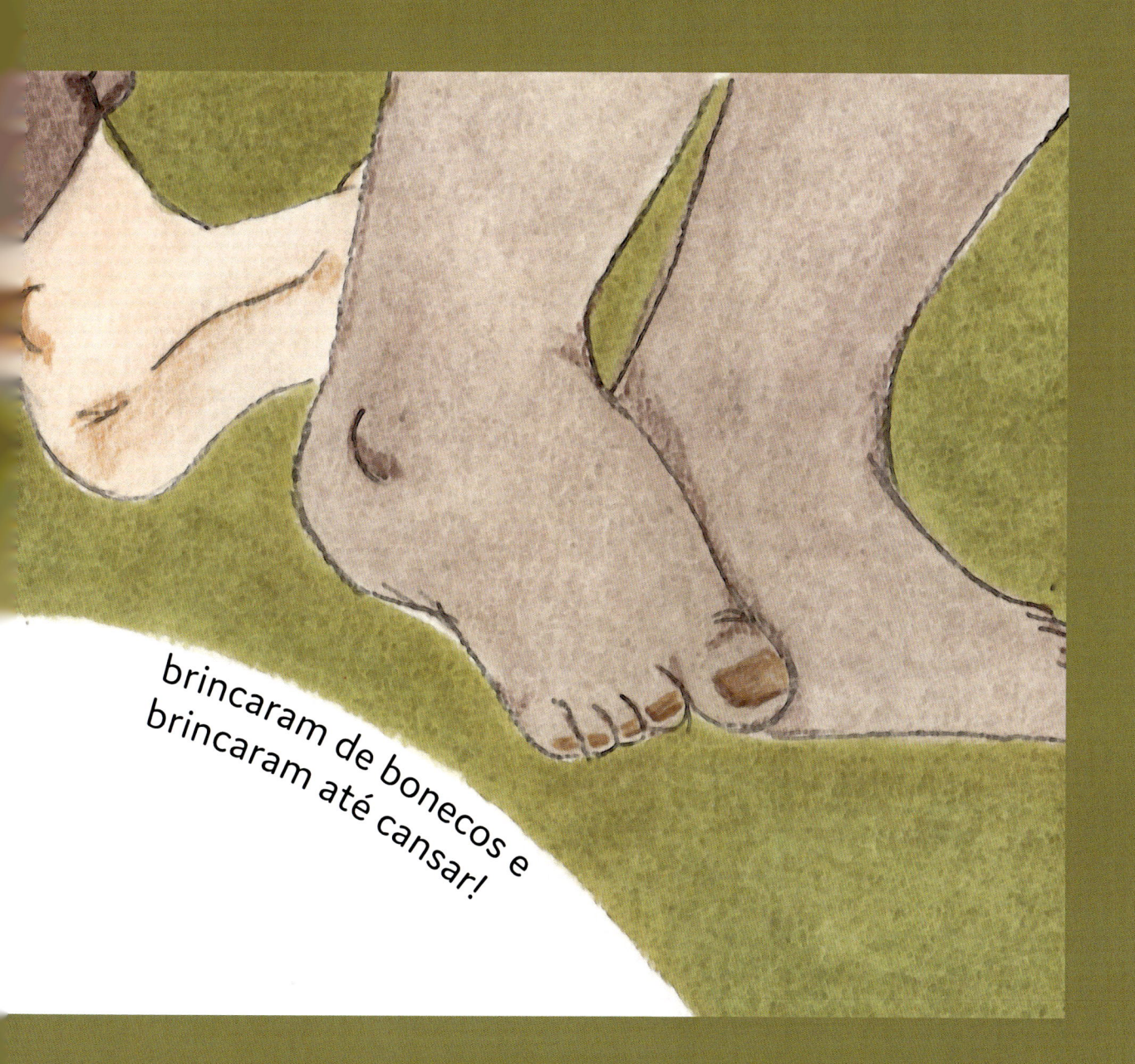

32

Depois que a festa acabou e a turma toda foi embora, a Luara ficou feliz e sozinha no quintal, lembrando todas as coisas divertidas que fez naquele dia. E se lembrou da pergunta da vovó Mazé:

— **Quem será o meu melhor amigo?**

Então uma ideia brilhante atravessou a mente da Luara. Ela correu para procurar a avó.

— Vovó Mazé, já tenho a resposta para a sua pergunta.

A vovó Mazé, com um sorriso de quem já sabia a resposta, perguntou:

— Então, descobriu quem é o seu melhor amigo?

Os olhos dela brilharam
quando respondeu:

— TODOS!

E foi assim que a Luara
aprendeu que cada amigo e
cada amiga tem um encanto
especial.

37

Sobre a autora

Maura Dias é uma professora de matemática que acredita que é mais importante ser livre para pensar do que memorizar a tabuada. Por isso, escreve livros com histórias, e não com estruturas algébricas (que também são lindíssimas). Todos os dias, procura um jeito de mudar o mundo para melhor. E, todo dia, descobre que sem emoção e rede de apoio não se faz nada nesta vida.

Sobre a ilustradora

Luciana Romão nasceu na cidade de São Paulo. Desde criança, diverte-se lendo livros ilustrados, imaginando histórias e rabiscando qualquer cantinho de papel que tenha à mão. Além das ilustrações, trabalha com educação não formal em artes, campo no qual também busca exercer o direito ao erro, às reformulações constantes e ao livre pensamento.

Esta obra foi composta em Domus e impressa
pela Grafnorte em offset sobre
papel couché fosco 150 g/m² para a Saíra Editorial
em outubro de 2020